La prochaine fois

FichesdeLecture.com

La prochaine fois
(Fiche de lecture)

I. INTRODUCTION

La Prochaine fois est le quatrième roman de l'écrivain Marc Levy. Paru pour la première fois en 2004, il a rejoint le rang des best-sellers de cet auteur désormais célèbre.

La Prochaine fois raconte une histoire d'amour mêlant art et dimension paranormale, puisqu'autour d'un couple central d'amants se greffent des éléments de réincarnations, de vies multiples et de mort...

II. RÉSUMÉ DU ROMAN

Chapitre 1

Jonathan Gardner, un expert en peinture du XIXe siècle, vit à Boston avec sa compagne Anna Valton, une peintre rencontrée un soir de vernissage. Son meilleur ami Peter Gwel est commissaire-priseur. Jonathan est obsédé par un peintre russe mort à la fin du XIX siècle à l'âge de soixante-deux ans, Vladimir Radskin. Jonathan et Peter prennent l'avion pour se rendre à Miami où Jonathan doit donner une conférence sur Radskin. On y apprend que le peintre fût contraint de fuir son pays car tombé en disgrâce suite à la réalisation de tableaux dépeignant la misère sévissant alors en Russie. Avant sa fuite, il assiste impuissant à l'exécution de sa femme Clara. Le sang de Clara sur la neige reste gravé dans la mémoire de Radskin. Il ne réalisera plus aucun tableau représentant un visage de femme et n'utilisera plus la couleur rouge dans aucun de ses tableaux. Mais la légende veut que Radskin ait peint son dernier tableau en dérogeant aux règles qu'il s'était imposées : il aurait inventé un rouge exceptionnel pour peindre un portrait de femme. Malheureusement, le tableau a disparu mystérieusement au cours d'une vente prestigieuse organisée à Londres en 1868, un an après le décès du peintre...

Chapitre 2

De retour à Boston, Jonathan prépare son futur mariage avec Anna. Noël passe et le printemps arrive précocement. Le mariage doit avoir lieu dans trois semaines quand Jonathan reçoit un appel de Peter : il vient de recevoir un mail de Londres l'informant qu'un collectionneur met en vente cinq toiles d'un certain Vladimir Radskin...

Chapitre 3

Jonathan et Peter se retrouvent donc au terminal de British Airways de l'aéroport de Logan. Un taxi les cueille à l'aéroport d'Heathrow pour les conduire jusqu'au centre de Londres. Ils se rendent à la galerie où doivent être exposés les tableaux, mais se heurtent à une porte close. Ils traversent la rue et entrent dans un café... et c'est là que Jonathan vit Clara pour la première fois. Propriétaire de la galerie, Clara informe Jonathan que les tableaux de Radskin lui seront livrés quotidiennement à raison de seulement un par jour. La première livraison doit avoir lieu le jour même...

Chapitre 4

Quatre tableaux ont été livrés. Jonathan apprécie de plus en plus la compagnie de Clara. Ils se donnent rendez-vous dans un bar à la mode du quartier de Notting Hill. Clara ayant envie d'air frais, Jonathan hèle un taxi et ils prennent le chemin des quais de la Tamise. Clara révèle alors à Jonathan l'existence d'un manoir dont elle a hérité de sa grand-mère avec la promesse de ne jamais y pénétrer et de le vendre le plus rapidement possible. Clara embrasse Jonathan sur la joue et c'est alors qu'un incroyable phénomène se produit...

Chapitre 5

Jonathan décide de quitter Londres sans avoir visité le mystérieux manoir de Clara et sans savoir si le cinquième tableau de Radskin existe réellement. Il retrouve Peter à l'aéroport d'Heathrow. De retour chez lui, Jonathan découvre une nouvelle toile peinte par Anna. Le tableau dépeint la vue dont on jouissait depuis l'atelier au siècle dernier... Sur un coup de tête, Jonathan décide de retourner à Londres. Il se rend directement au manoir de Clara. Celle-ci l'attendait. Elle lui raconte l'histoire de Vladimir et de son galeriste Sir Edward. Jonathan apprend que le peintre a vécu dans le manoir et y est même décédé après y avoir peint son dernier tableau...

Chapitre 6

Une surprise attend Jonathan dans le petit bureau du manoir. Clara lui dévoile le cinquième tableau intitulé « La jeune femme à la robe rouge », mais le peintre a omis de signer sa dernière œuvre... Jonathan réalise qu'il sera très difficile de prouver l'authenticité du tableau sans la signature. Il reprend donc l'avion pour se rendre à Florence solliciter l'aide de son ami Lorenzo. Une étude des pigments qu'utilisait le peintre russe s'avèrera très révélatrice... Jonathan reprend l'avion pour rejoindre Clara et lui révéler le résultat des études.

Chapitre 7

Clara et Jonathan se rendent à Paris avec le tableau afin de poursuivre leur tentative d'authentification. Ils rencontrent Sylvie Leroy, une éminente collaboratrice du centre de recherche et de restauration des Musées de France et amie de Peter. Elle leur apprend que malheureusement, elle ne peut rien faire pour eux, car les laboratoires du Louvre ne se penchent que sur des œuvres intéressant les Musées nationaux. Mais, un peu plus tard, la situation change. On accepte d'effectuer des analyses sur le tableau...

Chapitre 8

Clara et Jonathan sont de retour à Londres. Ils se rendent à l'appartement de Clara situé dans le quartier de Notting Hill pour constater que l'appartement a reçu la visite de cambrioleurs. Clara découvre qu'on lui a volé des analyses de sang... Le manoir sera leur refuge pour le reste de la nuit... Le tableau n'a toujours pas été authentifié hors de tout doute, mais Jonathan reconnaît la technique appliquée au tableau ainsi que la toile servant de support. Il décide de signer le certificat d'authenticité de

« La jeune femme à la robe rouge » malgré tout risquant ainsi sa carrière. Jonathan rentre chez lui à Boston et découvre des photos de lui et Clara sur le bureau de sa fiancée Anna... Son mariage est dans deux semaines...

Chapitre 9

Anna rentre et une scène éclate entre elle et Jonathan. Le mariage est remis en question, mais Anna exerce un odieux chantage pour forcer Jonathan à l'épouser. Celui-ci cède et téléphone à Clara pour rompre avec elle. Informé de la situation, Peter décide de se rendre à Londres faire une visite à Clara... Jonathan découvre un fait étonnant concernant les toiles peintes par Anna. Il décide de mener son enquête personnelle.

Chapitre 10

Peter est hébergé chez Clara au manoir. En observant le tableau de Radskin, il fait une découverte capitale... Le manoir livre un de ses plus excitants secrets. Pendant ce temps à Boston, Jonathan reçoit la visite d'une mystérieuse femme aux cheveux blancs...

Chapitre 11

Lorsque Jonathan arrive au Four Seasons pour voir Clara, il la découvre par terre : elle s'est écroulée après avoir bu un verre de vin ; Jonathan la suit dans l'ambulance puis reste à l'hôpital, où il est rejoint par Peter. Le Dr Moore ne donne pas plus de 24 h à Clara... son cas semble désespéré.

Jonathan fonce à toute allure chez Alice, qui lui annonce l'ultimatum suivant : qu'il soit le lendemain à l'Église, ou il n'obtiendra pas l'antidote pour sauver Clara. En réalité elle ment, mais Jonathan doit la croire sur parole, malgré sa haine. De retour à l'hôpital, Clara lui raconte son rêve. De son côté, Peter a fait appel à un ami policier pour élucider l'affaire en analysant un échantillon de sang de Clara.

Le jour du mariage, Anna renonce à épouser Jonathan en lui disant de courir à l'hôpital pour rejoindre Clara. Jonathan s'injecte le sang de la perfusion de sa bien-aimée et meurt à ses côtés. Peu de temps après, Peter apprend que les échantillons sont de filiation directe. Jenkins part à Londres.

Chapitre 12

Saint-Pétersbourg, des années plus tard. Un couple de touristes en visite au musée de l'Ermitage pour admirer la salle « Vladimir Radskin » est discrètement emmené par des agents de sécurité auprès du conservateur du Musée. Ce dernier déclare vouloir exaucer un vœu de Peter Gwel : il devait remettre à la personne ressemblant fortement à la femme du tableau *La jeune femme à la robe rouge* une lettre écrite de sa main. Le jeune homme la lit et depuis, n'a pas cessé de sourire...

III. PRÉSENTATION DES PERSONNAGES

Peter Gwel : commissaire-priseur et meilleur ami de Jonathan

Jonathan Gardner : expert en arts spécialiste du dix-neuvième siècle et obsédé par le peintre russe Vladimir Radskin.

Anna Walton : peintre et fiancée de Jonathan.

Vladimir Radskin : peintre du dix-neuvième siècle mort à soixante-deux ans.

Clara Langton : propriétaire de la galerie située au 10 Albermarle street, Londres.

Sir Edward Langton : collectionneur et marchand de renom qui fit de Radskin son protégé.

Sylvie Leroy : éminente collaboratrice du centre de recherche et de restauration des Musées de France.

James Donovan : informateur de Peter.

Dorothy Blaxton : intendante du manoir de Clara.

Lorenzo : expert ès arts, ancien camarade de collège de Jonathan. Directeur d'un département de recherche à l'académie des arts à Florence.

Luciana : femme de Lorenzo.

Graziella Zecchi : fille de Giovanni Zecchi

Giovanni Zecchi : propriétaire des établissements Zecchi spécialisés en fournitures de matériel d'artiste.

Dr Jack Seasal : radiologue, ami de Peter et grand amateur de peinture.

François Hébrard : chef de la filière « Peinture de chevalet » du Centre de recherche et de restauration des musées de France.

M. Skardin : médecin à la retraite, « le vieux monsieur qui promène son chien »

Pr William Baker : recteur de l'université de Yale.

Alice Walton : mère d'Anna Walton.

Pilguez : policier et ami de Peter.

Youri Egorov : conservateur en chef du musée l'Ermitage de Saint-Pétersbourg.

IV. AXES D'ANALYSE DE L'ŒUVRE

Omniprésence du monde de l'art

Les amateurs d'art seront comblés à la lecture de « La prochaine fois ». On y apprend un grand nombre de choses sur les tableaux anciens, les analyses pour authentification, les techniques, les supports, les galeries, les ventes et les différents métiers reliés à ce domaine. « Ces prises de vue particulières permettraient de mettre en évidence l'existence d'un dessin sous-jacent, d'éventuels repentirs ou des restaurations effectuées au cours des années. La spectrométrie infrarouge ne donna pas de résultats satisfaisants. Pour percer les secrets du tableau, il fallait d'abord tenter d'en dissocier les éléments. »

« Nous avons réussi à décomposer partiellement le pigment. Il est à base de cochenilles de poirier. (…) Radskin a aussi utilisé du rouge d'Andrinople, je te passe les détails de la formule, elle date du Moyen-Âge. Pour obtenir une couleur vive et stable, on mélangeait des graisses, de l'urine et du sang d'animaux. »

L'amour, thématique favorite de Lévy

Eh oui, l'amour toujours l'amour. Ce livre renferme une très belle histoire d'amour. Celle de Clara et Jonathan. Une histoire qui a survécu au temps...

La dimension fantastique et le mystère

Il y a une bonne dose de fantastique dans cette œuvre. Un contact physique entre Clara et Jonathan déclenche un curieux phénomène...

« Elle l'embrassa sur la joue. Ce fut la toute première fois que leurs peaux se touchaient et la première aussi que l'incroyable phénomène se produisit. Jonathan sentit d'abord sa tête tourner, la terre se dérobait sous ses pieds. Il ferma les yeux et ses paupières furent envahies par des milliers d'étoiles. Un étrange vertige l'entraînait vers un ailleurs. (...) Progressivement, autour de lui le paysage de la rue se mit à changer...

À quelques éléments fantastiques se superpose une dimension de mystère : une partie importante de l'œuvre lui est dédiée. En fait, la majeure partie du livre baigne dans le mystère. Y a-t-il un cinquième tableau peint par Radskin et où est-il ? Qui est la femme aux cheveux blancs ? Quel est le mystère du manoir ? Le tableau a-t-il été réellement peint par Radskin où par quelqu'un d'autre ? Quel est cet étrange phénomène qui se produit lorsque Jonathan et Clara se touchent ? Que complote Anna, la fiancée de Jonathan ? Qui est la femme peinte par Radskin sur « La jeune femme à la robe rouge » ? Qui est Clara réellement ? Jonathan et elle se sont-ils déjà rencontrés à une autre époque ?

Un voyage littéraire

Les voyages prennent une grande place dans l'histoire. Miami, Paris, Londres, Florence sont quelques-unes des destinations de Jonathan. L'avion est le moyen de transport privilégié.

L'histoire débute dans la ville de Boston aux États-Unis où réside Jonathan. Elle se poursuit à Miami puis à Londres, Paris, Florence et St-Pétersbourg. Le milieu est aisé et d'une grande culture.

Dans la même collection en numérique

- 11 -

Les Misérables
Le messager d'Athènes
Candide
L'Etranger
Rhinocéros
Antigone
Le père Goriot
La Peste
Balzac et la petite tailleuse chinoise
Le Roi Arthur
L'Avare
Pierre et Jean
L'Homme qui a séduit le soleil
Alcools
L'Affaire Caïus
La gloire de mon père
L'Ordinatueur
Le médecin malgré lui
La rivière à l'envers - Tomek
Le Journal d'Anne Frank
Le monde perdu
Le royaume de Kensuké
Un Sac De Billes
Baby-sitter blues
Le fantôme de maître Guillemin
Trois contes
Kamo, l'agence Babel
Le Garçon en pyjama rayé
Les Contemplations

Escadrille 80

Inconnu à cette adresse

La controverse de Valladolid

Les Vilains petits canards

Une partie de campagne

Cahier d'un retour au pays natal

Dora Bruder

L'Enfant et la rivière

Moderato Cantabile

Alice au pays des merveilles

Le faucon déniché

Une vie

Chronique des Indiens Guayaki

Je voudrais que quelqu'un m'attende quelque part

La nuit de Valognes

Œdipe

Disparition Programmée

Education européenne

L'auberge rouge

L'Illiade

Le voyage de Monsieur Perrichon

Lucrèce Borgia

Paul et Virginie

Ursule Mirouët

Discours sur les fondements de l'inégalité

L'adversaire

La petite Fadette

La prochaine fois

Le blé en herbe

Le Mystère de la Chambre Jaune

Les Hauts des Hurlevent

Les perses

Mondo et autres histoires

Vingt mille lieues sous les mers

99 francs

Arria Marcella

Chante Luna

Emile, ou de l'éducation

Histoires extraordinaires

L'homme invisible

La bibliothécaire

La cicatrice

La croix des pauvres

La fille du capitaine

Le Crime de l'Orient-Express

Le Faucon malté

Le hussard sur le toit

Le Livre dont vous êtes la victime

Les cinq écus de Bretagne

No pasarán, le jeu

Quand j'avais cinq ans je m'ai tué

Si tu veux être mon amie

Tristan et Iseult

Une bouteille dans la mer de Gaza

Cent ans de solitude

Contes à l'envers

Contes et nouvelles en vers

Dalva

Jean de Florette

L'homme qui voulait être heureux

L'île mystérieuse

La Dame aux camélias

La petite sirène

La planète des singes

La Religieuse

À propos de la collection

La série FichesdeLecture.com offre des contenus éducatifs aux étudiants et aux professeurs tels que : des résumés, des analyses littéraires, des questionnaires et des commentaires sur la littérature moderne et classique. Nos documents sont prévus comme des compléments à la lecture des oeuvres originales et aide les étudiants à comprendre la littérature.

Fondé en 2001, notre site FichesdeLectures.com s'est développé très rapidement et propose désormais plus de 2500 documents directement téléchargeables en ligne, devenant ainsi le premier site d'analyses littéraires en ligne de langue française.

FichesdeLecture est partenaire du Ministère de l'Education du Luxembourg depuis 2009.

Plus d'informations sur www.fichesdelecture.com

Notes :